굳세고
다정하고
가능한 한 많이 웃으며

굳세고
다정하고
가능한 한 많이 웃으며

———◆———

마야 안젤루 지음
김희진 옮김

위즈덤하우스

헤아릴 수 없는 사랑을 담아,

이 책을 오프라 윈프리에게 바친다.

지혜는 만물에 앞서 창조되었고,

현명한 이해는 영원으로부터 창조되었다.

사도행전♦

♦   실제 출처는 구약성서 외경의 〈집회서Ecclesiasticus〉 1장 4절

차례

나에게 어울리는 옷차림을 찾는 능력

나는 유치원에 다니는 아들을 둔 스물한 살의 싱글맘이었다. 두 가지 일을 병행하는 덕에 살 집, 먹을 것, 양육비를 감당할 수 있었다. 옷에 쓸 돈은 거의 남지 않았지만, 구세군 상점이나 다른 중고 상점에서 찾아낸 옷들로 아이와 나의 옷차림을 말쑥하게 유지했다. 나는 화려한 색채를 좋아했기에 아름다운 빨간색과 오렌지색, 녹색과 분홍색, 청록색과 터키옥색이 가득한 옷을 샀다. 그리고 하늘색 드레스와 블라우스와 스웨터를 골랐다. 그 옷들을 섞어 입을 때가 많았는데, 내게 눈길이 이끌리지 않을 수 없던 사람들의 눈에 이는 좋게 말해도 놀라워 보였다. 사실, 나는 남부 흑인 여자들이 '쫙 빼입은 차림'getup이라 부르던 조합을 만들어 냈다.

아들이 자기가 소홀히 여겨지거나 남들과 다르다고 느끼지 않도록 몹시 신경을 썼으므로, 나는 아이의 학교에 자주 갔다. 가끔은 일과 일 사이에 그저 찾아가 울타리 쳐진 놀이터 밖에 서 있곤 했다. 그리고 기쁘게 말하건대, 아이는 언제나 화려한 색색으로 차려입은 나를 알아보고 내게 왔다. 나는 늘 구슬목걸이를 했다. 목걸이를 잔뜩. 싼 것일수록 더 많이 걸쳤고, 이따금 머리에 스카프를 둘렀다.

아들이 여섯 살이고 내가 스물두 살 때, 아들은 제법 엄숙하게 할 말이 있다고 했다. 우리는 주방 식탁에 앉았고, 아들은 노인 같은 눈에 소년 같은 목소리를 하고 물었다.

"엄마, 서로 짝이 맞는 스웨터는 하나도 없어요?"

처음에 나는 어리둥절했다. "없어"라고 대꾸한 후, 나는 아이가 백인 여자들이 즐겨 입는 세트로 된 스웨터와 카디건 얘기를 하고 있음을 깨달았다. 그리고 나는, 어쩌면 조금 발끈해서, "아니, 없어"라고 말했다. 그리고 아들은 말했다. "아, 있으면 좋을

텐데. 날 보러 학교에 올 때 입고 오면 좋잖아요."

나는 우스웠지만, 웃음을 터뜨리지 않은 게 다행이었는데, 아들이 말을 이었기 때문이다. "엄마, 학교에서 오라고 할 때만 오실 수는 없을까요?"

그때 내게는 마음을 즐겁게 하고 창조력을 발동시키는 게 확실한 내 옷차림이, 아들에게는 난처함을 안겨주었음을 깨달았다.

젊을 때 사람들은 필사적으로 주변과 달라지지 않으려 한다. 젊은 사람을 남들 앞에서 가장 낯부끄럽게 할 수 있는 것은 바로 본인과 가족 관계인 어른이다. 엉뚱한 행동이나 '쫙 빼입은 차림'은 젊은 이의 얼굴을 주변 시선을 의식하느라 확 달아오르게 할 수 있다.

나는 아들의 기분을 상하게 하지 않기 위해 조금 조심스레 구는 법을 배웠다. 아들이 나이를 먹고 자신감이 늘어가면서, 나는 점차 친구들이 나의 별난 옷 입는 방식이라 여기는 차림으로 돌아갔다. 나만의 패션을 선택하고 창조할 때 나는 더 행복했다.

나는 평생을 내 몸으로 살았고 어느 패션 디자이너보다 내 몸을 더 잘 안다. 무엇이 내게 잘 어울리는지 안다고 생각하며, 무엇을 입었을 때 기분이 좋은지는 확실히 안다.

나는 원단 디자인과 의류 디자인에 들어가는 창조력을 높이 평가하며, 내 몸과 성격에 잘 맞는 것이 있으면 얼른 달려가, 잽싸게 사고, 즐겨 입는다. 하지만 패션을 위해 나 자신에게 거짓말을 해서는 안 된다. 나는 오직 내게 잘 어울리는 옷만 흔쾌히 구입하고 내가 생각하는 내 이미지를 돋보이게 해주는 옷만 기꺼이 입을 것이다.

내가 내 모습에 편안하다면, 나는 다른 사람들이 그들 모습 그대로를 편안하게 느끼도록 해줄 수 있다. 물론 남들의 기분이 내 패션 선택의 주된 이유는 아니지만 말이다. 내가 내 모습과 옷차림에 기분이 좋다면, 나는 내 몸이 마음껏 제 힘을 발휘하고, 타고난 우아함과 자연스런 몸짓을 내보이도록 허가하는 셈이다. 그럴 때 나는 몹시 편안하여 무엇을 입든 간에, 외부의 패션 심판자 눈에도 근사해 보인다.

의복에 대한 언급은 중요한데 많은 이들이 무엇을 입어야 올바르고 적절한지에 대한 강력한 규칙에 갇혀 있기 때문이다. 남들이 정한 그리고 때로는 제멋대로이기까지 한 그러한 규칙들은 진정으로 인생을 더 낫게, 더 멋지게, 더 우아하게, 더 품위 있게 해주지 않는다. 종종 그런 것들은 탐욕, 무신경함, 통제 욕구에서 생겨난다.

물론 오래 있었던 것은 아니지만, 나는 본인의 심미안을 퍽 자랑하는 어떤 사람이 방에 들어서는 여자나 남자를 쳐다보고는 비웃으며 "그 재킷 작년 것이었어"라고 말하는 자리에 있었던 적 있다. 최대한 서둘러 그 자리를 뜨기는 하지만, 나는 옷의 아름다움이나 인상적임과는 전혀 상관 없고 남을 깎아내리며 한순간의 우월감을 안겨줄 뿐인 그 헐뜯는 태도를 똑똑히 기억해둔다.

당신에게 어울리고 딱 맞는 패션을 찾으라. 자신에게 진실하다면, 그리고 오직 자신에게 진실할 때에만 언제나 패션을 선도할 수 있다. 최신 패션 잡지를 장식하는 스타일로 입는 것도 당연히 괜찮고, 그렇지 않아도 좋다.

"옷이 날개다"라는 말은 살펴보고, 재검토하고, 사실은 재평가해야 할 말이다. 옷은 남자나 여자를 우스꽝스럽고 겉멋만 들고 어리석게 보이도록 할 수 있다. 그보다 진정한 자기 자신이 되도록 노력한다면, 고르는 옷들이 본연의 자연스러움과 우아함을 돋보이게 해줄 것이다.

여행의 이유

인간은 서로 다른 구석보다 닮은 구석이 더 많고, 어떤 장소에서 진실인 것은 어디서나 진실이지만, 그럼에도 나는 가능한 한 많은 장소로 여행을 떠나 즐거움은 물론 배움을 얻기를 권하는 바이다.

미국인들은 특히 다른 나라들을 보고 다른 문화들을 경험할 필요가 있다. 미국이라는 이 광활한 나라에 살며, 동쪽에서 서쪽으로 3천 마일을 누비면서 동일한 언어를 사용할 수 있는 미국인은 유럽, 아프리카, 아시아에서 언어들이 서로 충돌하는 것을 들어보아야 한다.

파리의 상점에서 물건을 둘러보거나, 이탈리아

레스토랑에서 식사하거나, 홍콩의 거리를 어슬렁거리다 보면, 여행자는 블라우스를 사거나, 수표를 지불하거나, 장신구 하나를 고르느라 흥정하면서 서너 가지 언어와 만나게 된다. 단지 외국어를 듣는 것만으로 그 언어에 대한 이해가 깊어진다고 말하려는 것은 아니다. 하지만 다른 언어의 존재에 노출되면 세상에는 말이 서로 다를 뿐 아니라 문화와 철학이 서로 다른 사람들이 살아간다는 인식이 넓어진다는 점만은 안다.

여행이 완고한 편견을 막아줄 수는 없겠지만, 모든 사람이 울고, 웃고, 먹고, 걱정하고, 죽는다는 사실을 보여줌으로써, 여행은 우리가 서로 이해하려 노력한다면 친구가 될 수 있을지 모른다는 생각을 불어넣어 줄 수 있다.

베풂의 달콤함

신약 성경은 주는 것이 받는 것보다 더 축복받은 일임을 알려준다. 주는 것에는 여러 장점이 있지만, 무엇보다도 주는 이의 영혼을 자유롭게 한다는 점을 나는 알게 되었다. 선물의 크기와 내용은 받는 이에게 중요하지만, 주는 이에게는 고맙게 받아들여지는 것이야말로 최고의 선물이라는 점 외엔 중요치 않다. 주는 이도 받는 이만큼 넉넉해지며, 더욱 중요한 점이 있으니, 세상의 선善이라는 손에 잡히지 않지만 진정 실제인 정신적 힘이 증가한다는 것이다.

물 위에 빵을 던질 때,♦ 우리는 하류에 있는 낯 모를 누군가가 우리의 행동으로 덕을 보리라 예상할 수 있다. 다른 누군가의 하류에 있는 우리가 그 공여자의 선물로 덕을 보게 될 것과 마찬가지로 말이다.

시간은 우리의 영향력으로 빠르게 흐르거나 느리게 흐르게 할 수 없고, 더할 수도 줄일 수도 없는 무형의 대상이므로, 헤아릴 수 없으리만치 귀중한 선물이다. 우리는 누구나 하루 몇 분 혹은 일주일에 몇 시간 정도 양로원이나 어린이 병동에 선사할 시간이 있다. 우리가 베개를 폭신하게 부풀려주고 물병을 채워준 노인들은 우리의 선물에 고마워할지도, 그렇지 않을지도 모르지만, 그 선물은 우주의 토대를 떠받친다. 우리가 소박한 이야기를 읽어 준 어린이들은 감사 인사를 할지도 그렇지 않을지도 모르지만, 우리가 베푸는 은혜 하나하나가 세계의 기둥을 강화시킨다.

우리가 주는 선물과 받는 이에 대해서는 고려해야 하는 반면, 일단 결심하고 나면 우리의 너그러움

♦ 전도서 11장 1절 "Cast your bread on the waters"에서 따온 말로, 우리말 성서 번역은 크게 "네 떡을 물 위에 던져라"와 "돈이 있으면 무역에 투자하여라"로 나뉜다.

에는 우려가 없어야 하며, 한순간 흘러넘쳤다가 다음 순간에는 잊혀야 한다.

최근 어느 자선가 모임을 상대로 연설해 달라는 청을 받았는데, 나는 그들이 남을 의식하는 데 놀랐다. 그 자리에 모인 기부자들은 의학 연구, 교육 발전, 예술 후원, 사회 개혁에 매년 몇 천만 달러를 기부한다. 그런데 누구 하나 다를 것 없이 그들은 조금, 아주 조금, 스스로를 부끄러워하는 것처럼 보였다. 나는 그들의 행동을 곰곰이 생각해보고 누군가 그들에게 베풂을 받는 일은 모멸적이며 그뿐 아니라 베푸는 행동도 마찬가지로 수치스럽다고 말했다는 것을 깨달았다. 그리고 슬프게도, 누군가는 그말을 믿었다. 그리하여 많은 이들이 그들은 베풂이 아니라 박애주의를 행하고 있다고 알려지는 편을 선호했다.

나는 베푸는 이들을 좋아하고 나도 베푸는 사람이라고, 너그러운 마음과 아낌없이 주는 성격을 지녔다고, 곤란한 이 누구에게나 진정한 친구가 되는 이라고 생각하길 좋아한다. 나는 궁리해보았다. 자선 사업가들은 왜 나처럼 느끼지 않는 것일까?

일부 자선가들은 그들이 나눠주는 재화와 자기

자신이 분리되어 있기 때문에 기부금을 받는 이와 거리 두기를 원할지 모른다. 큰 재산을 직접 번 것이 아닌 상속자나 관리자이기에, 아마 그들은 선물로부터 유배된 것처럼 느끼는 것이리라. 그렇다면 당연히 그들은 받는 이로부터도 유배된 것처럼 느끼게 된다. 곤궁한 이들에게 주는 사람들이 자기 너그러움의 대상을 서먹서먹하게 여기다니 슬픈 일이다. 그들은 스스로의 베풂 행위에서 기쁨을 거의 얻지 못하며, 따라서 기쁨이라기보다 의무감에 의해 너그럽다.

베풂에 대해 생각하는 방식을 바꾼다면, 우리 개인의 삶은 더 풍요로워지고 세상은 한층 더 개선될 것이다. 기분 좋게 주고 감사히 받을 때, 모두가 축복받는다.

"베풂은 온유하고… 시기하지 않으며…. 자랑하지 아니하며, 교만하지 아니하며."♦

♦ 고린도전서 13장 4절. '사랑은 언제나 오래 참고…'로 잘 알려진 구절인데, 원문에서 인용한 듯한 킹 제임스 성경에는 '사랑'에 해당하는 단어가 이 글에서 '베풂'으로 번역한 charity로 되어 있다.

언제든 새로운 방향으로
갈 준비를 해야 한다

1903년, 지금은 고인이 된 아칸소의 애니 존슨 부인에게 있는 것이라곤 아장아장 걷는 두 아들, 아주 약간의 돈, 어설프게 읽을 줄 알고 단순한 셈을 할 줄 아는 능력이 전부였다. 이에 더해 불운한 결혼생활과 존슨 씨가 '검둥이'Negro라는 벅찬 사실이 따라붙었다.

그녀가 남편 윌리엄 존슨 씨에게 결혼생활이 불만스럽다고 이야기하자, 그는 자신도 역시 결혼생활이 실망스럽다고 여겼으며, 집을 떠나 종교를 공부하겠다는 꿈을 은밀히 품고 있었음을 털어놓았다. 그가 생각하기에 하느님은 그에게 설교하라는 부름을 내리고 계셨으며 그것도 오클라호마 주 이너드에서 그리 하라고 하셨다. 그는 이너드에 아는 목사가 있어 함께 공부할 수 있다고 했으나 다정한 미혼 딸이 있다는 사실은 아내에게 말하지 않았다. 둘은 우호적으로 헤어져, 애니는 방 하나짜리 집을 차지하고 윌리엄은 오클라호마까지 가는 데 쓰려고 현금 대부분을 가져갔다.

6피트가 넘는 장신에 떡 벌어진 체구의 애니는 남의 집 가정부로 일하느라 '소중한 아가들'을 다른 이의 손에 맡기지 않겠다고 다짐했다. 시내의 조면繰綿 공장이나 제재소에 일자리를 얻을 가능성은 없었지만, 어쩌면 두 공장에서 그녀가 일할 수 있는 다른 방법이 나올 수도 있었다. 애니의 말을 따오자면, "나는 내가 가던 길을 내다보고는 내가 온 길을 돌아보았고, 마음에 차지 않았으므로 길에서 벗어나 직접 새 길을 내기로 했지." 그녀는 스스로가 일류 요리사는 아니지만 "식재료를 적절히 섞어 굶주린 사람의 허기를 몰아내 줄 만큼"은 된다고 여겼다.

그녀는 꼼꼼하고 비밀스레 계획을 세웠다. 어느 날 초저녁, 준비가 다 갖춰졌는지 확인하려고 그녀는 5갤런들이 양동이 두 개에 돌을 담고 3마일 떨어진 조면 공장까지 들고 갔다. 잠시 쉬었다가, 돌을 좀 덜어낸 다음, 흙길을 따라 5마일 더 가야 하는 제재소까지 어둠 속을 걸어갔다. 작은 집과 아이들을 향해 돌아오면서, 그녀는 남은 돌들을 길에 버렸다.

바로 그날 밤 그녀는 닭고기를 삶고 햄을 튀기는 작업에 들어갔다. 빵반죽을 하고 밀어 편 반죽 속에 고기를 채웠다. 그러고서야 잠자리에 들었다.

다음 날 아침 그녀는 고기파이, 라드, 철제 화로, 불 피울 숯을 챙겨 집을 나섰다. 점심 시간 직전 그녀는 조면 공장 뒤의 빈터에 모습을 나타냈다. 정오의 식사 종이 울리자, 그녀는 별미들을 끓는 기름에 넣었고 맛있는 냄새가 피어올라, 하얀 실보푸라기에 뒤덮여 유령 같은, 공장에서 쏟아져 나오는 공장 일꾼들에게 날아갔다.

일꾼들은 대부분 강낭콩과 비스킷이나 크래커, 양파와 정어리 통조림을 점심으로 싸 왔지만, 애니가 국자로 기름에서 건져내는 따끈한 고기파이에 구미가 당겼다. 그녀는 기름이 배어 나오는 신문지로 파이를 싸서 개당 5센트에 판다며 권했다. 장사는 그리 신통치 않았지만 그 첫 며칠간 애니는 마음을 굳게 먹었다. 장사에 쓰는 두 시간을 공정하게 배분했다.

그러니까, 월요일에 조면 공장에서 방금 튀긴 따끈한 파이를 팔고 나머지 식은 파이를 제재소에서 3센트에 팔았으면, 화요일에는 제재소에 먼저 가서 톱밥을 뒤집어쓴 제재소 일꾼들이 나올 때 갓 나온 파이를 팔았던 것이다.

그 후로 몇 년 동안, 따스한 봄날에도, 찌는 듯한 여름의 한낮에도, 춥고 축축한 겨울날 정오에도, 애니는 결코 손님들을 헛걸음하게 하는 법이 없었고, 손님들은 듬직한 갈색 피부의 여인이 화로 위로 몸을 굽히고 조심스레 고기파이를 뒤적이는 모습을 언제나 기대할 수 있었다. 공장 일꾼들이 이제는 자신에게 의존하게 되었다는 확신이 들자, 그녀는 두 공장 사이에 간이매점을 세우고 일꾼들이 점심거리를 사러 달려오도록 했다.

정말로 그녀는 자신을 위해 선택된 듯한 길에서 벗어나 스스로 완전히 새로운 길을 냈다. 세월이 흘러 간이매점은 어엿한 상점이 되어 치즈, 옥수수가루, 시럽, 쿠키, 캔디, 석판, 피클, 통조림, 신선한 과일, 음료수, 석탄, 기름, 닳은 구두에 댈 가죽 밑창을 사러 손님들이 찾아왔다.

　우리는 누구나 눈앞에 놓인 길들과 우리가 지나
온 길들을 평가해볼 권리와 책임이 있다. 앞날의 길
이 불길하거나 가망 없어 보이고, 되돌아가는 길은
마음 내키지 않는다면, 의지를 끌어모으고 꼭 필요
한 짐만 챙겨 그 길에서 벗어나 다른 방향으로 발을
내디뎌야 한다. 새로운 선택 역시 마음에 들지 않는
다면 난처해할 것 없이 그것 또한 바꿀 준비가 되어
있어야 한다.

지문처럼 유일한 나의 스타일 갖추기

무엇보다 내용이 대단히 중요하다는 것은 알고 있지만, 우리는 스타일의 가치를 과소평가하지 말아야 한다. 다시 말해, 무슨 말을 하는지뿐만 아니라 어떻게 말하는지에도, 무엇을 입는지는 물론 어떻게 입는지에도 주의를 기울여야 한다는 뜻이다. 사실, 우리가 하는 행동 전부와 그 모든 행동을 어떻게 하는가를 의식해야 한다.

매너와 스타일에 대한 존중은 배우려는 열의가 있고 뛰어난 선생님이 있다면 키울 수 있다. 그런 한편, 관찰력 있는 사람이라면 그저 인간 행렬의 꾸준한 발걸음을 주의 깊게 지켜보는 것만으로도 가르쳐주는 이 없이 같은 결과를 얻을 수 있다.

남의 매너를 자기 것으로 삼으려 해서는 결코 안 된다. 도둑질은 즉각 눈에 띄기 마련이고 도둑은 공작새 깃털을 허겁지겁 꽂은 울새처럼 우스꽝스러워 보일 터이니 말이다.

스타일은 마치 지문처럼 유일하고 양도 불가능하며 완벽하게 개인적이다. 천천히 시간을 들여 자신이 살아가는 방식을 발전시키고, 잘하는 것들을 늘리고 좋은 성격을 가로막고 훼손하는 성격 요소들을 없애는 것이 현명하다.

매력과 어느 정도의 자신감을 갖춘 이라면 누구나 최고 특권층 사회에서 가장 곤궁한 이들의 사회에 이르기까지 편안하게 넘나들 수 있다. 스타일 덕분에 그 사람은 한 장소에서 열등해 보이지도 다른 장소에서 우월해 보이지도 않는다. 훌륭한 매너와 관용은 스타일이 가장 탁월하게 드러난 형태이며, 때로는 재앙을 행운으로 뒤바꿔놓을 수도 있다. 많은 이들이 생각 없이 모욕이나 험담을 내뱉지만, 현명하거나 스타일을 갖춘 사람은 어떤 상황에서든 충분히 시간을 들여 부정적인 가능성과 더불어 긍정적인 가능성도 고려한다. 모욕적인 말에 대한 사려 깊은 대꾸는 상처 입히려는 힘을 제거하여, 무례한 사람의 무기를 빼앗는다.

이는 다른 쪽 뺨도 내밀라는 훈계를 되풀이하려는 것은 아니다. 어떤 상황에서는 그것도 효과적인 술책이 될 수 있다고는 생각하지만 말이다. 그보다, 내 말은 불리한 상황들에 그것을 통제하려는 의도와 스타일을 갖추고 맞서라는 격려다. 야만적인 이들과 복잡하게 얽혀보아야 대개 신경이 곤두서고 소화불량에 걸리는 결과밖에 나오지 않기 때문이다.

다시금 나는 단단한 믿음 안에 있다

영혼은 보이지 않는 힘이며 모든 생명을 통해 보이는 형태가 된다. 아프리카의 여러 종교에는 만물에는 영혼이 깃들어 있으며 이들을 달래주어야 하고 간청을 드릴 수 있다는 믿음이 있다.

그러니까 예를 들어, 일류 북 연주자가 나무를 깎아 새 북을 만들 준비를 할 때면, 선택한 나무에 다가가 거기에 깃든 영혼에게 말을 건다. 기도하면서 그는 자기 자신에 대해, 자신의 경험과 기술에 대해 이야기한다. 그런 다음 자신의 의도를 설명한다. 그는 영혼에게 나무가 준 선물을 앞으로 계속 고마워할 것이며 북을 명예로운 목적으로만 사용할 것임을 다짐한다.

나는 성령Spirit이 하나이며 어디에나 존재한다고 믿는다. 결코 내 곁을 떠나지 않는다고. 무지함으로 말미암아 내가 성령에서 몸을 사릴 수 있지만, 제정신을 차리는 순간 그 존재를 깨달을 수 있다고 믿는다.

나 자신보다 더 크고 내가 아닌 힘이 있다는 이 믿음 덕분에 나는 알지 못하는 것, 심지어 알 수 없는 것 속으로 용감하게 나아갈 수 있다. 나는 내가 성령이라 여기는 것을 내가 생각하는 하느님과 분리할 수 없다. 그렇기에, 나는 하느님은 성령이라고 믿는다.

내가 하느님의 피조물임을 아는 한편, 또한 나는 다른 모든 이들과 만물 역시 하느님의 피조물임을 깨닫고 기억해야만 한다. 잔인한 사람, 학대를 일삼는 자, 편협한 이를 생각할 때면 내게 이는 특히 힘든 일이다. 나는 비열한 자들이 내 하느님 아닌 다른 것의 힘에 의해 창조되었고 그것의 보호와 지시를 받는다고 생각하고 싶다. 하지만 하느님이 만물을 창조하셨음을 믿기에, 나는 폭군도 하느님의 자녀임을 싫어도 알아야 하며, 나아가 그를 하느님의 자녀로 대하려고 노력해야만 한다.

　내 믿음은 하루에도 여러 차례 시험에 들며, 솔직히 털어놓을 수 있는 것보다 더 자주 나는 믿음의 깃발을 치켜들고 있지 못한다. 약속이 지켜지지 않으면, 비밀이 배신당하면, 혹은 오래 가는 고통을 겪으면, 나는 하느님과 하느님의 사랑을 의심하기 시작한다. 너무나 비참하게 불신의 구렁텅이에 빠진 나머지 나는 절망하여 울부짖는다. 그러면 성령이 나를 다시 끌어올리고, 다시금 나는 단단히 믿음 안에 있다. 어떻게 그렇게 되는지는 알 수 없다. 내가 진심으로 부르짖어 즉각 대답을 받고 믿음으로 돌아온다는 것 말고는. 다시금 나는 성령으로 충만해져 공고한 바닥에 단단히 발 붙이고 있다.

쉽게 불리는 존재가 될 필요는 없다

어떤 여자에게 '너무 대단하다'는 꼬리표를 붙이면서 칭찬하는 거라고 생각하는, 방향을 잘못 잡은 재치꾼들이 있다. 적절한 것은 존경스럽고 바람직하지만, '너무 대단'해지고 싶어하는 것은 마조히스트들뿐이다. 그 입장에 처하거나, 자청하거나, 받아들이면 타인들이 이 '너무 대단한' 여자의 등에 책임들을 쌓아두게 되며, 그 여자는 자연스레 '뛰어난 여자'로 불린다. '슈퍼우먼'이며 '대지의 여신'으로.

아첨을 한 사람은 자신이 교묘한 조종자이며, '대지의 여신'의 호감을 사서 그녀가 자신의 짐을 대신 떠맡고 비뚤어진 방식을 교정해주길 바란다는 점을 드러내는 셈이다.

칭찬을 했다가 반박을 받으면, 그는 나쁜 뜻은 전혀 없다고 잽싸게 부인하며 상처받은 듯 말할 것이다. "'너무 대단하다'는 말은 감탄의 뜻으로 한 거야. 어떻게 내 말뜻을 오해할 수 있는지 모르겠네. 피해망상인가 봐."

뭐, 맞는 말이다. 억압당하는 이들이나 억압자들의 목표가 될 만한 이들에겐 어느 정도의 피해망상이 꼭 필요하다. 우리는 바싹 경계한 채 우리가 어떻게 불리느냐를 허용하는 데 있어 대단히 주의를 기울여야 한다.

우리는 너무나 쉽게 불리는 그대로의 존재가 되며, 칭호에 따라오는 반갑지 않은 책임들까지 떠맡게 되기 때문이다.

뭐가 그렇게 우스운 걸까?

자기의 상스러움을 재주로 삼으려 한 연예인들이 몇몇 있었지만, 막되먹음을 온 천하에 드러냄으로써 그들은 그저 엄청난 개인적 열등감을 드러냈을 뿐이었다. 제 몸에 진흙을 퍼붓고 제 혀를 천박하게 놀리며, 그들은 자신이 사랑할 가치가 없다는 믿음을 드러내는 셈이고 실제로 좋아할 수 없는 존재다. 우리가 관객으로서 그 천박함을 받아준다면, 우리는 콜로세움에서 맨몸의 기독교인과 성난 사자의 싸움을 보던 로마인들과 다를 바가 없다. 우리는 연예인들의 모욕에 동참할 뿐 아니라 그 외설스러움을 공유함으로써 격하되는 것이다.

우리에겐 외설은 재미있지 않다고, 상스러움은 유쾌하지 않다고, 버릇없는 아이들과 물러 터진 부모들은 우리가 감탄하며 따라 하고 싶은 인물이 아니라고 말할 용기가 있어야 한다. 대화가 오직 경박함과 빈정거림을 통해서만 이뤄질 수 있는 건 아니다.

만일 우리 집 거실에 황제가 알몸으로 서 있다면, 그 무엇도 그가 옷을 전혀 걸치고 있지 않으니 공식 석상에 나갈 준비가 되어 있지 않다고 말하는 것을 막아서는 안 된다.

아무튼 소파에 늘어져 트레일 믹스◆를 우적우적 집어먹고 있지는 않을 것이다.

◆ 견과류, 건과일, 초콜릿 등이 섞인 스낵. 도보 여행을 하는 이들이 간편하게 영양을 섭취할 수 있기 때문에 이런 이름이 붙었다.

죽음과 유산

죽음을 생각하면, 최근 들어 걱정스러울 정도로 자주 드는 생각이기는 한데, 나는 언젠가 동이 텄을 때 내가 더 이상 산 자들과 더불어 이 기묘한 성격들의 골짜기에 있지 않으리라는 생각은 평온하게 받아들이는 것 같다.

나 자신의 사망이라는 생각은 받아들일 수 있지만, 다른 이의 죽음이라는 생각은 받아들일 수가 없다. 친구나 친척이 돌아올 수 없는 땅으로 가버리게 놔둔다는 건 불가능한 일로 여겨진다. 불신이 내 절친한 벗이 되고, 분노가 뒤따른다.

"죽음아, 너의 독침이 어디에 있느냐?"♦라는 영웅

적인 질문에, 나는 "바로 내 가슴과 마음과 기억에 있다"고 답한다.

죽은 이가 남긴 공백을 보며 나는 고통스런 외경에 사로잡힌다. 어디로 갔을까? 지금 어디에 있나? 그들은, 시인 제임스 웰든 존슨이 말한 것처럼, "예수님의 품에서 쉬고 있는" 걸까? 그렇다면, 내가 사랑하는 유대인들, 내 소중한 일본인 친구들, 내 무슬림 벗들은 어떤가. 그들은 누구의 품에 안기나? 나, 나조차도 주님의 다정한 품에 안기게 되리라는 확실함이 어디 있느냐는 의문이 언제나, 조용히, 도사리고 있다. 그런 축복받은 확신이 있을 때만 나는 죽음이 제 의무를 다하게 놔둘 수 있을 거라고 나는 의심하기 시작한다.

내가 모든 것을 알 필요는 없음을 인정할 때에야 나는 복잡하게 얽힌 의문들에서 벗어난다. 많은 이들이 필사적으로 모든 해답을 알아내려 하는 세상에서, 내가 모든 것을 알 필요는 없다고 믿고, 또 단언하는 것은 일반적이지 않다. 내가 아는 것을 알고 있으며, 내가 아는 것을 언제까지나 알고 있을 것

♦ 고린도전서 15장 55절

이고 내가 아는 것이 언제나 진실일 것임을 믿지 않아도 아는 것만으로 충분하다고 나는 스스로 되새긴다.

또한, 사랑하는 이의 부재가 가져온 분노가 내 안에 가득 차는 것을 느낄 때, 나는 가능한 한 빨리 나의 염려와 의문, 노력과 대답 들은 떠나간 사랑하는 이로부터 배웠거나 배울 수 있는 것들에 집중되어야 함을 떠올리려 노력한다. 그가 남긴 어떤 유산이 내가 좋은 인생을 살아가도록 도와줄 수 있는가?

내가 세상을 떠난 사랑하는 이들의 유산을 사용한다면, 죽음이 저 자신과 나를 받아들일 거라고 나는 확신한다.

인생은 그것을 살아가는 이를 사랑한다

티 아주머니는 로스앤젤레스에 사는 우리 대가족의 일원이었다. 내가 만났을 때 아주머니는 일흔아홉 살이었고, 야위었지만 근육질에, 강인하고, 피부색은 오래된 레몬 같았다. 아주머니는 군데군데 회색으로 센 억세고 곧은 머리칼을 길게 땋아 머리 위에 두르고 있었다. 두드러진 광대뼈, 누르스름한 금빛 피부, 아몬드형 눈을 지닌 아주머니는 나이 먹은 흑인 여자라기보다 인디언 추장 같아 보였다(티 아주머니는 자신과 자신이 속한 종족 중 아끼는 이들을 '검둥이'Negro라 불렀다. '흑인'Black은 못마땅한 이들에게나 쓰는 표현이었다).

아주머니는 은퇴하여 쥐 죽은 듯 고요하고 깔끔한 1층 아파트에 혼자 살았다. 밀랍으로 만든 조화와 도자기 인형들이 정교하게 수를 놓고 빳빳하게 풀 먹인 도일리 위에 얹혀 있었다. 티 아주머니의 아파트에서 유일하게 느긋한 것은 티 아주머니뿐이었다.

나는 그저 이야기를 들을 요량으로 자주 아주머니를 방문해 불편한 소파에 앉아 있곤 했다. 30년간 하녀로 일한 끝에, 다음 30년은 입주 가정부로 일하며 여러 부잣집 열쇠를 맡아 지니고 꼼꼼히 장부를 썼던 것을 아주머니는 자랑스레 여겼다.

"입주 가정부를 보고 백인들은 검둥이들도 저희만큼 깔끔하고 청결하다는 걸, 때로는 한층 더하다는 걸 알게 되지. 그리고 검둥이 하녀에겐 백인들이 검둥이보다 더 똑똑할 것도 없다는 걸 알게 되는 기회란다. 그저 운이 더 좋을 뿐이지. 때로는 말이야."

티 아주머니는 캘리포니아 주 벨 에어에서 어느 부부의 집 가정부로 일하며 방 14개짜리 랜치 하우스에 거주했던 이야기를 해주었다. 낮에 청소를 하는 출퇴근 파출부와 우거진 정원을 매일같이 돌보는 정원사가 있었다. 티 아주머니는 일하는 사람들을 감독했다. 일을 처음 시작했을 때 아주머니는 집주인 부부와 초대된 손님들에게 가벼운 아침, 든든한 점심, 서너 가지 풀코스 저녁식사를 요리해서 대접했다. 티 아주머니가 지켜보는 가운데 부부는 나이 들고 야위어갔다고 한다.

몇 년 후 그들은 손님 접대를 그만두었고 식탁에서 서로를 거의 보지도 않으며 식사를 들었다. 결국 그들은 딱딱한 침묵 속에서 부드러운 스크램블드에그, 멜바 토스트, 연한 차로 저녁밥을 먹게 되었다. 티 아주머니는 그들이 늙어가는 게 보였지만 아주머니 자신은 전혀 나이를 먹지 않았다고 했다.

아주머니는 사교 전문가가 되었다. 거리 저쪽의 운전수를 '말벗으로 삼기'(아주머니의 표현) 시작했다. 아주머니의 가장 친한 친구와 친구의 남편이 겨우 몇 블록 거리에서 일하고 있었다.

토요일마다 티 아주머니는 돼지 족발 한 솥과 채소 한 솥을 요리하고, 닭고기를 튀기고, 감자 샐러드를 만들고, 바나나 푸딩을 구웠다. 저녁이면 친구인 운전수, 가정부, 그 남편이 널찍한 티 아주머니의 거처로 놀러 왔다. 네 사람은 먹고 마시고, 음악을 틀고 춤을 추었다. 밤이 깊어지면 그들은 앉아서 진지하게 비드 휘스트 게임을 했다. 당연히 이 신나는 모임 중에는 농담을 주고받고, 손가락을 퉁기고, 발로 박자를 맞추고, 잔뜩 웃음을 터뜨렸다.

티 아주머니는 매주 토요일 파티에서 일어났던 일로 처음에 자신과 친구들은 깜짝 놀랐다고 했다. 그들은 카드놀이를 하고 있었고, 방금 비드에서 이긴 티 아주머니는 으뜸패를 여럿 쥐고 있었다. 아주머니는 등뒤에서 서늘한 바람을 느끼고 허리를 쭉 펴고 뒤를 돌아보았다. 집주인 부부가 문을 슬쩍 열고 손짓하고 있었다. 티 아주머니는 약간 짜증이 나서 카드를 내려놓고 문가로 갔다. 부부는 물러나며 아주머니에게 복도로 나와 달라고 했고, 거기서 이야기를 꺼내 티 아주머니의 동정심을 완전히 샀다.

"테레사, 방해하고 싶지는 않지만요⋯." 남자가 속삭였다. "다들 너무 즐거워 보여서⋯."

여자가 덧붙였다. "토요일 밤마다 테레사와 친구들이 웃는 소리가 들리는데, 우린 여러분을 그냥 보고 있고 싶어요. 불편하게 하고 싶지는 않아요. 가만히 보기만 할게요."

남자가 말했다. "그냥 문을 열어두어 주기만 하면, 친구들은 모를 거예요. 아무 소리도 내지 않을게요."

티 아주머니는 그렇게 해도 나쁠 것은 없겠다고 여겼고, 친구들과 이야기해보았다. 친구들은 괜찮다고 말했지만, 집주인 부부가 멋진 집, 수영장, 차세 대, 수많은 야자나무를 갖고 있으면서도 즐거움이 없다는 건 슬픈 일이었다. 티 아주머니는 내게 그 집에선 웃음과 편안한 휴식이 떠났다고 말했다. 아주머니가 보기에도 슬픈 일이었다.

이 이야기는 거의 30년 동안 내 마음에 남았고, 어떤 이야기가 내 마음에 생생하게 남아 있다면 거기엔 거의 언제나 내게 유용한 교훈이 담겨 있다.

소중한 여러분, 나는 부유한 부부가 어둑한 복도에 서서, 흑인 고용인들이 즐겁고 우정 어린 분위기로 소리 높여 떠드는 밝은 방을 엿보는 장면을 그려보고, 잘 산다는 것은 예술이며 계발시킬 수 있음을 깨닫는다. 물론 계발을 위한 기본 소질이 있어야 한다. 삶에 대한 사랑, 사소하게 주어지는 것들에서 큰 기쁨을 얻을 줄 아는 능력, 세상이 당신에게 빚진 것은 아무것도 없으며 모든 선물은 바로 그것, 선물이라는 확신. 당신과 정치적 입장, 성적인 신념, 민족적 전통이 다른 사람일지라도 재미있는 사람일 수 있으며, 운이 좋다면 그들이 명랑한 동무가 될 수도 있다는 확신.

인생을 예술로 살아가려면 선뜻 용서할 줄 알아야 한다. 어리석은 자들을 기꺼이 참아 넘겨야 한다는 게 아니라, 스스로의 단점들을 되새겨보고, 결점이 있는 누군가를 만났을 때 당연한 듯 그 언짢은 사람을 영원히 끊어내지는 말라는 얘기다. 몇 번 숨을 들이쉬고 심기를 거스른 그 행동을 당신이 막 저질렀다고 상상해보라.

규칙적인 일상 때문에, 우리는 인생이 진행 중인 모험임을 종종 잊곤 한다. 집을 떠나 일터로 향하며, 정해진 기대를 벗어나 우리를 놀라게 하는 특이한 사건은 전혀 없이 목적지에 도착할 것처럼 행동하고 심지어 그렇게 믿기까지 한다. 사실 우리는 아무것도 모른다. 차가 어디서 고장 날지, 버스가 언제 시동이 꺼질지, 도착했을 때 직장이 과연 거기 있을지, 실은 우리가 온전하게 살아서 여정의 끝에 도달할지조차 알 수 없다. 인생은 순수한 모험이며,

더 일찍 그 사실을 깨달을수록 우리는 더 빨리 인생을 예술로 대할 수 있을 것이다. 매번 만남에 가진 에너지를 전부 쏟고, 일어나리라 기대했던 일이 일어나지 않을 때 알아차리고 받아들일 수 있도록 유연함을 유지하는 게 그것이다. 우리가 창조적으로 빚어졌으며 필요할 때마다 새로운 시나리오를 생각해낼 수 있음을 잊지 말아야 한다.

인생은 그것을 살아가는 이를 사랑하는 듯하다. 돈과 권력이 자유를 줄 수 있는 것은 그렇게 사용되었을 때뿐이다. 그것은 철창과 쇠사슬보다 더 결정적인 감금과 금지가 될 수 있다.

미덕이 불필요한 것이 될 때

이상한 일이지만, 우리는 미덕이 더 이상 미덕으로 여겨지지 않게 된 장소와 시대에 오고 말았다. 미덕을 언급했다가는 비웃음을 사며, 그 단어 자체조차 인기를 잃었다. 현대 작가들은 '순수', '절제', '선함', '가치', 심지어 '중용'이라는 말조차 거의 사용하지 않는다. 철학 수업을 듣거나 신학대학에 다니는 학생을 제외하면 학생들이 도덕성과 신앙심에 대한 질문을 접하는 일은 거의 없다.

　우리는 그런 덕목들의 부재가 우리의 공동체 의식에 어떤 영향을 끼쳤는지 살펴보아야 하며, 사용

되지 않고 먼지구덩이에 박힌 그것들을 어떻게 꺼내어 우리 생활에서 도로 활발하게 쓰이게 할 수 있을지 알아내야 한다.

자연은 진공 상태를 그대로 두지 않으며, 우리가 긍정적인 사항들을 사라지게 했으니 타락, 무관심, 악덕이 그 자리를 채운다. 우리의 거리에는 잔인함과 범죄가 넘쳐나고 우리의 가정에는 폭력과 학대가 만연한다. 우리 지도자들 중 너무 많은 이들이 높은 도덕적 길을 피하고 탐욕을 채우는 길을 택하며 텅 빈 미사여구를 읊조린다.

모든 것에는 대가가 따르며 그것도 엄청난 대가가 따른다. 이기기 위해, 우리는 에너지와 노력과 규율을 대가로 치른다. 진다면 우리는 실망, 불만, 불완전한 성취를 감수한다.

그렇기에, 우리가 하거나 하지 않고 내버려둔 모든 것에 대가가 따를 것이기에, 우리는 이기기 위해, 더 훌륭하고 친절하고 건강한 우리의 모습을 되찾기 위해 용기를 불러일으켜야 한다.

우리가 좋은 본보기와 미덕 그 자체를 촉구하는 모습을 보고 싶다. 그리하여 그것들이 우리의 대화에, 사업에, 가정에, 우리 생활 속에 돌아와 사랑받는 벗으로 머무르도록.

말의 힘

인생 육십 고개에 접어든 지 한참임에도 여전히 나를 놀라게 하는 일은 많다. 사람들이 내게 다가와 자신이 기독교인이라고 말할 때면 나는 깜짝 놀라거나 당황한다. 내가 가장 처음 보이는 반응은 "벌써요?"라는 질문이다. 내게는 기독교인으로서의 삶을 살려고 노력하는 게 평생에 걸친 과업처럼 여겨진다. 자신의 믿음대로 살아가려 노력하는 불교 신자, 무슬림, 자이나교도, 유대인, 도교 신자에게도 이는 마찬가지이리라 믿는다. 목가적인 상황은 도달할 수 없으며 영원히 유지할 수 없다. 환희를 얻는 것은 추구 그 자체에서다.

마마, 즉 우리 할머니에 대한 가장 오래된 기억은 키가 크고 피부는 계피색에 굵고 부드러운 목소리로 말하는 여인이 아무것도 보이지 않는 허공에 까마득한 높이로 서 있던 어렴풋한 광경이다. 이 믿기 어려운 환상은 마마가 6피트의 큰 키로 곧게 서서, 양손을 등 뒤로 맞잡고 하늘을 높이 올려다보며 "나는 하느님의 말씀에 따라 나아가겠습니다"라 말할 때마다, 내 상상력이 빚어내는 결과였다.

대공황은 누구에게나 힘든 시절이었지만, 몸이 성치 않은 아들과 손주 둘을 홀몸으로 돌보는 남부의 흑인 여자에게는 더했고, 그랬기에 할머니는 자주 이 신앙 고백을 해야 했다.

할머니는 의지의 힘으로 천국에 닿을 수 있기라도 한 듯 하늘을 우러러보며, 세상 전반과 특히 가족을 향해 말하곤 했다. "나는 하느님의 말씀에 따라 나아가겠습니다. 나는 하느님의 말씀에 따라 나아가겠습니다." 그 즉시 내겐 할머니가 우주로 솟구쳐 올라 발치에는 달들, 머리에는 별들이 맴돌고, 혜성들이 주변에서 소용돌이치는 모습이 보였다. 마마는 하느님의 말씀을 따르고, 또 6피트가 넘는 분이었으므로, 자연히 내가 믿음을 갖는 건 어렵지 않았다. 나는 하느님의 말에는 힘이 있음을 알고 성장했다.

샌프란시스코에서 20대를 보낼 때 나는 세상 물정에 익숙해지고 실질적인 불가지론자가 되었다. 하느님을 믿지 않게 된 건 아니었다. 다만 내가 자주 다니는 동네에는 하느님이 계시지 않은 듯했을 뿐이었다. 그 때 어느 발성법 교사가 유니티 신학교에서 나온 《진실의 교훈들Lessons in Truth》을 소개해 주었다.

어느 날 그 선생님, 프레더릭 윌커슨이 내게 책을 읽어달라고 했다. 나는 스물네 살로, 매우 박식하고 매우 세속적이었다. 그는 내게 《진실의 교훈들》에서, "하느님은 나를 사랑하신다"로 끝나는 대목을 읽어 달라고 했다. 나는 그 부분을 읽고 책을 덮었고, 선생님은 "다시 읽어요"라고 했다. 나는 보란 듯이 책을 펼치고 빈정대며 읽었다. "하느님은 나를 사랑하신다." 그는 말했다. "다시." 일곱 번쯤 되풀이했을 때 나는 그 말이 진실일지도 모른다고, 하느님이 정말로 나를 사랑할 수도 있다고 느끼기 시작했다. 나, 마야 안젤루를. 그 위대함을 깨닫고 나는 갑자기 울기 시작했다. 하느님이 나를 사랑하신다면, 나는 놀라운 일들을 할 수 있음을, 대단한 일들을 시도할 수 있음을, 뭐든 배우고 뭐든 이뤄낼 수 있음을 나는 알았다. 그 무엇이 하느님과 함께하는 내게 대적할 수 있겠는가, 하느님과 함께하는 이는 누구라도, 한 사람이라도 다수인데?

이를 앎은 나를 겸허하게 하고, 내 뼈를 녹이고, 내 눈을 감기게 하고, 내 치아가 잇몸에서 느슨하게 흔들리도록 한다. 또한 나를 해방시킨다. 나는 높은 산 위로 날갯짓하며 고요한 골짜기로 내려가는 큰 새다. 나는 은빛 바다의 잔물결이다. 나는 기대에 벅차 떨리는 봄날의 잎새다.

인생? 살아내야지

언덕의 초라한 쪽에만 몸 사리며 존재하는 어떤 사람들은 마찬가지로 그늘에 살지만 빛을 찬양하는 이들에게 겁을 먹는다.

중력의 법칙에 대항하여 몸을 곧게 일으켜 세우고 바로 서 있으려고 애쓰기보다는 엎드려 있는 게 더 쉬워 보인다.

굳센 사람조차 찢어놓고 힘센 이조차 무너뜨릴 만한 사건은 많다. 살아남기 위해, 넉넉한 영혼에는 기운을 회복시켜 주고 존재할 권리와 제자리에 있을 권리를 매일같이 일깨워주는 존재가 필요하다.

열여섯 살 때 나는 직장에서 해고당했고 완전히

낙심했다. 내 개인적 가치 전부가 파괴되었다. 위층 내 방에서 울고 있던 나를 어머니가 발견했다. (나는 위로받고 싶어 문을 열어 두었다.)

어머니는 문을 두드리고 들어와 왜 우느냐고 물었고, 나는 무슨 일인지 말했다.

어머니의 얼굴은 별안간 너그러운 미소로 환해졌다. 어머니는 내 침대에 앉아 나를 품에 안았다.

"해고? 해고라고?" 어머니는 웃었다. "그게 뭐 어쨌다고? 아무것도 아냐. 내일이면 넌 다른 직장을 알아볼 거다. 그뿐이야."

어머니는 손수건으로 내 눈물을 찍어냈다.

"그게 뭐 어때서 그러니? 생각해보렴, 방금 해고된 일자리를 찾아냈을 때도 직장을 구하고 있었잖니. 그냥 한 번 더 일을 구하는 것뿐이야."

어머니는 본인의 지혜로움과 내 젊은이다운 실망에 웃었다. "그리고 생각해봐라, 혹시 네가 또 해고당하더라도, 사장한텐 이로울 게 없을 거야. 넌 한 번 겪었고, 살아남았잖니."

내 어머니, 고인이 된 비비언 백스터는 해상 요리사와 승무원 노동조합 소속으로 상선대에서 근무하다 은퇴했다. 어머니는 예상대로의 길에서 벗어

나 필요할 때면 언제든 손수 새로운 길을 내는 삶을
실천했다. 나의 시 〈V.B. 여사〉는 어머니에게서 영
감을 얻었다.

선박?
물론 몰아야지.
내게 배가 주어지면,
가라앉지 않는 배라면,
내가 배를 몰지.

남자?
물론 사랑해야지.
나를 미소 짓게 하는
능력 있는 남자라면
사랑해주지.

인생?
당연히 살아야지.
나 죽을 때까지
숨 쉴 수 있다면
인생을 살아내야지.

실패?

한 점 부끄러움 없이 말하는데

그런 말은 배운 적도 없어

실패라는 말은.

불평에 대하여

아칸소 주 스탬스에서 할머니 밑에서 자랄 때, 할머니에겐 징징거리기로 소문난 사람들이 가게에 올 때마다 으레 하는 특별한 절차가 있었다. 소문난 불평쟁이가 오는 게 보일 때마다 할머니는 내가 뭘 하고 있든 간에 나를 불러 비밀스레 속삭였다. "애야, 들어와라. 이리 와." 물론 나는 할머니 말씀을 따랐다.

할머니는 손님에게 물었다. "어떻게 지내세요, 토머스 형제님?" 그러면 그 사람은 대꾸했다. "별로 좋지 않아요." 목소리에는 뚜렷한 푸념조가 묻어났다. "별로 좋지가 않아요, 헨더슨 자매님. 이놈의 여름 때문이지요. 여름 더위 때문에요. 정말 싫답니다. 아, 정말 질색이에요. 아주 기진맥진해져요. 난 더위가 질색이랍니다. 꼭 죽을 것 같아요." 그러면 할머니는 팔짱을 끼고 태연하게 서서 중얼거렸다. "으흠, 으흠." 그러고는 내 쪽을 쳐다보며 내가 그 한탄을 들었는지 확인했다.

어떤 때는 이렇게 징징거렸다. "난 밭갈이가 싫어요. 단단히 굳은 흙은 말을 듣지 않고, 노새는 멍청하죠. 정말이라니까요. 아주 죽겠어요. 끝이 나지 않을 것 같아요. 손발은 쑤시고, 눈과 코에는 흙이 들어가요. 정말이지 견딜 수가 없어요." 그러면 할머니는 역시 팔짱을 끼고 태연하게 서서 "으흠, 으흠" 하고 말하며, 내 쪽을 보고 끄덕였다.

불평쟁이가 가게를 나서자마자 할머니는 나를 불러 앞에 와서 서게 했다. 그러고는 내 생각엔 적어도 천 번은 했던 말씀을 되풀이했다. "애야, 아무개 형제님이나 할 일 많은 자매님이 뭐라 불평하는지 들었느냐? 너도 들었지?" 나는 고개를 끄덕였다. 할머니는 말씀을 계속하셨다. "애야, 온 세상엔 어젯밤 잠자리에 들었다가, 가난한 자나 부자, 백인과 흑인 할 것 없이, 다시는 눈뜨지 못할 사람들이 있단다. 일어날 거라 예상했지만 일어나지 못하고, 침대는 시체 눕혀두는 판이 되고, 이불은 수의가 된 사람들이지. 아까 그 사람이 투덜거리던 날씨를 딱 5분만이라도 맛보거나 밭갈기를 10분이라도 할 수 있다면, 그 죽은 사람들은 어떤 대가라도 치를 거다. 그러니까 불평하지 않도록 주의하거라, 애야. 마음에 들지 않는 게 있을 때 해야 할 일은 그걸 바꾸는 거란다. 바꿀 수 없다면 네 생각을 바꾸거라. 불평하지 말고."

사람의 인생에 가르침을 줄 수 있는 순간은 몇 안 된다고 한다. 내가 세 살부터 열세 살까지 할머니는 내게 찾아온 매 순간을 놓치지 않으셨던 것 같다. 징징대는 것은 보기 흉할 뿐 아니라 위험할 수도 있다. 폭력적인 사람에게 가까이에 희생양이 있음을 알려줄 수 있다.

불행의 씨를 뿌리면 불행이 자라난다

많은 이들이 씨름할 변치 않는 생의 원칙이 있다.

무엇을 심어서 열매가 맺힌다면 똑같은 것이 많이 나오리라는 것을 자연이 사시사철 입증해 보였음에도, 토마토 씨앗을 심어놓고 추수철에 양파를 거둘 수 있다고 굳게 믿는 사람들이 있는 것 같다.

편안함을 위해, 내가 해로운 씨를 뿌렸음을 알면서 좋은 수확을 거두길 기대했던 적이 내겐 너무나 많다. 행동이 똑같은 행동을 불러올 수밖에 없음을 항상 알지는 못했다는 것, 더 정확히 말하자면 그 사실을 언제나 자각하지는 않았다는 것이 내 궁색한 변명이다. 오랜 세월 동안 관찰하고 내가 관찰한 바를 인정할 만큼의 용기를 지닌 지금, 나는 불화를 원치 않는다면 평화를 심으려 노력한다. 배반과 거짓말을 피하고 싶다면 충실과 정직을 심으려 노력한다.

물론 내가 심은 것들이 언제나 경작지에 떨어져 뿌리를 내리고 자랄 거라는 확고한 장담은 없으며, 내가 오기 전 다른 농부가 다른 씨앗을 뿌리지는 않았는지 알 길도 없다. 그럼에도 나는 안다. 얄팍한 운에 맡기지 않고, 어떤 씨앗을 뿌리는지를, 그것들의 가능성과 성질을 신중하게 고려한다면 어느 정도는 내 기대를 믿을 수 있다는 사실을.

감각적인 격려

우리는 젊고 유연했다. 갈색 도는 우리 몸은 베이비오일과 맥스 팩터 분장용 화장품을 잔뜩 발라 번쩍거렸다. 앨빈 에일리와 나는 열정적인 모던 댄스 학생이었고, 할 수 있을 때면 '엘 & 리타'라는 댄스팀으로 일했다. 우리를 단골로 찾는 고용주는 비밀스럽고 미스터리한 흑인 단체들이었다. 엘크스, 메이슨즈, 이스턴 스타즈에서 파티를 열 때면 회원들을 위해 언제나 소규모 밴드, 토치송♦ 가수,

---

♦ 토치torch는 짝사랑의 아픔이나 떠나간 사랑을 그리워하는 감상적인 가사의 노래이며, 주로 여성 가수가 부르고 재즈와 블루스의 전통에 기반하고 있다.

셰이크◆댄서를 준비했다.

메이크업 외에도 앨빈은 표범 무늬의 끈팬티를 입고 나는 깃털 몇 개와 반짝이 몇 개로 된 직접 만든 의상을 입었다. 우리는 듀크 앨링턴의 〈캐러밴〉에 맞춰 춤추었다. 앨빈이 안무를 짜고, '파샤'를 맡은 그가 음악의 첫 네 마디가 지나간 후 어둠 속에서 조명이 밝혀진 무대로 뛰어나갔다. 파샤의 무희 역할인 나는 그가 분위기를 조성하는 동안 어둠 속에서 기다렸다.

어쩔 수 없이 여자들의 손이 내 몸에 닿는 일이 많았다. 서너 명이 내 등을 쓰다듬고, 엉덩이를 토닥이고, 팔을 어루만졌다. 그럴 때는 언제나 속삭이는 말이 따라붙었다.

"바로 그거야. 자기 참 예쁘다. 나가서 화끈하게 흔들어주라고."

"젊었을 땐 나도 잘 흔들었지. 볼 만 했다니까."

"잘 하고 와. 무대에 나가서 저 남잘 미치게 해주는 거야."

나는 내가 나갈 신호를 기다리기 어려울 정도로

◆ 1960년대 유행했던 춤으로 정해진 스텝이나 동작 없이 머리와 팔다리를 흔들며 추는 춤.

크게 기운이 솟았고, 신호가 오면 폭발하듯 무대로 나가 머리가 어지러울 정도로 열심히 흔들려고 했다.

돌이켜보면, 그때 여자들의 손길이 성적이라기보다 감각적이었다는 것을 깨닫게 된다. 나를 격려해주었으므로 그들은 나와 함께 춤에 동참한 셈이었다. 젊었을 때 한껏 즐겼기 때문에 그들은 내 젊음을 샘내지 않았다.

많은 어른이 젊은이를 대할 때 안달을 낸다. 젊은이가 성장하길 바라는 것만이 아니라, 늙기를, 그것도 당장 그러길 바란다. 그들은 금세 꾸짖고, 비판하고, 훈계한다.

"조용히 해라."

"자리에 앉아."

"왜 그렇게 가만히 있질 못하니?"

"얌전히 있어."

의식적이든 아니든, 이런 꾸짖음은 인생에 대한 격렬한 불만과 청춘을 헛되이 보낸 후회에서 나오는 것이다.

아이들이 스스로를 존중하려면

노예로서 아프리카계 미국인들은 급하게 되는 대로 이름 붙여졌고 그 이름을 얻었다고 내세울 수조차 없었으나, 그들은 야만적인 노예 생활을 조금이나마 누그러뜨리는 특성을 자랑스레 지니고 있었다. 그들은 동트기 전에 일어나 여명이 비치자마자 밭에 나갔고 저녁 어둠 속에서 맨바닥인 오두막으로 터덜터덜 돌아왔다. 줄지어 심은 목화와 높이 솟은 사탕수수 틈에서 우정 어린 교류를 나눌 기회는 거의 없었다.

그럼에도 그들은 그 끔찍한 환경에서 영혼이 강건하고 정신이 살아 있도록 지키는 방법들을 생각해냈다. 서로에게 말할 때 그들은 정중한 가족 호칭을 썼다. 노예 주인도 감독관도 노예를 대할 때면 더없이 무자비한 말밖에 하지 않았다. 그러나 노예 사회에서 머라이어는 머라이어 이모가 되고 조는 조 삼촌이 되었다. 처녀들은 시스터Sister, 시스Sis, 터타Tutta라 불렸다. 사내아이들은 브라더brother, 버바Bubba, 브로Bro, 버디Buddy가 되었다. 노예 공동체 전역에서 사용되는 이러한 호칭들이 노예들이 뿌리 뽑혀 나온 아프리카 세계에서 유래했던 것은 사실이지만, 속박된 처지에서 그 말들은 더 깊은 의미와 강력한 영향력을 띠기 시작했다. 모든 사회에서 그렇듯, 다양한 특정 목소리 톤이 말하는 이와 그 상대 간의 대화의 성격을 결정했으며 지금도 그러하다. 아프리카계 미국인들이 서로 다정하게 말하고자 할 때에는 목소리가 낮아질 뿐 아니라 말하는 사람 사이에서 무의식적으로 음악이 늘어난다. 사실, 친구 간의 대화는 곡으로 쓰인 노래만큼이나 음악처럼 들릴 수 있다.

우리는 이런 호칭들을 이용해 노예제를 버텨내고, 그 여파와 오늘날 되살아난 인종주의의 위기를 견디는 데 도움을 받았다. 그러나 지금, 너무나 많은 아이들이 이 나라에서 미쳐 날뛰고, 우리에게 그 어느 때 못지 않게, 아니 그 어느 때보다 더 예의가 필요하며, 사람 사이의 약간의 친절만으로 인생이 보다 견딜 만해질 지금, 우리는 예의의 껍데기조차 잃고 있다. 우리 젊은이들은 가정에서 예의를 거의 접하지 못한 나머지 난폭한 자기혐오와 격심한 천박함으로 가득 차 거리로 탈출한다.

우리는 가정과 세상에서 매력적이고 배려하는 태도를 재탄생시켜야 한다. 우리 아이들이 스스로를 긍정하려면, 우리가 우리 스스로를 긍정하는 모습을 보아야 한다. 우리가 계속 스스로를 경시하면서 아이들에게 자기 존중을 요구한다면, 온몸의 뼈를 부러뜨려놓고 올림픽에 나가 100미터 경주에서 금메달을 따라고 우기는 거나 마찬가지다.

말도 안 되는 일이다.

경계 넓히기

테리의 술집은 나의 술집이었다. 흑인이고 유행에 밝고 뉴욕에 있다면 마땅히 가야 할 장소였다. 바텐더들은 도시적 우아함의 본보기였으며, 매끄러운 동작으로 술을 섞고 내놓으며 중국의 UN 가입이 허용되어야 할 것인가부터 초미니 스커트의 적정 길이에 이르는 다양한 주제의 대화에 참여했다. 단골들은 작가, 모델, 고등학교 교장, 배우, 기자, 영화배우, 음악인, 대학교수 등이었다.

어느 날 오후 테리네 가게에 들어간 나는 활짝 웃으며 요란하게 축하의 말을 하는 사람들에게 둘러

싸였다.

바텐더는 내게 〈뉴욕 포스트〉를 보여주며 큰 잔에 든 마티니를 내밀었다. 나는 〈뉴욕 포스트〉의 "이 주의 인물"로 실려 있었다. 단골손님들은 평소의 시들한 태도를 잠시 벗고 진심 어린 칭찬을 아끼지 않았고, 나도 진심으로 받아들였다.

건배하던 사람들이 자기 자리로 돌아가고 혼자 남은 나는 조용히 우울해졌다. 침울함과 마티니를 너무 많이 마셔서 슬슬 오르는 취기 때문에 주변도 내 정신도 흐릿해졌다.

지금, 내 최고의 시간에 나는 혼자였다. 내가 무슨 짓을 했기에 내 곁에 남자 하나 없으며, 더 심하게도 애초부터 나를 곁에 두려던 남자 하나 없던 것인가? 의문들이 군사 행렬처럼 줄지어 다가왔다. 하나하나가 내 의식 속으로 행진해 들어와, 인식되고, 다음 의문에 자리를 내주었다. 나는 마티니 한 잔을 더 시키고 진지하게 의문들에 답해보기로 결심했다.

나는 마흔한 살이고, 늘씬하고, 키가 크고, 종종 서른 살 정도로 오해받았다. 나를 아름답다고 해 준 이는 아무도 없었다. 내가 아프리카 조각상을 닮았다고 했던 괴짜 아프리카 연구자만 빼고. 요루바족과 폰족의 나무 조각품을 많이 보았기에, 내가 수수한 편이라는 생각은 바뀌지 않았다. 옷이라면 확실히 매력적으로 차려입었고 머리를 곧게 쳐든 채 똑바로 걸었으므로, 마음 좋은 사람들은 종종 내게 "잘생긴 여자"라고 했다.

그러나 지금 나는 만나는 사람 하나 없이 혼자였다. 많은 여자가 그렇듯 나도 연애 상대가 없는 것이 내가 사랑받지 못하는 사람임을 드러내는 낙인이라고 여겼다.

바에 앉아, 내 부족한 점들을 곱씹으며 적어도 다섯 잔째는 될 마티니를 마시던 중, 여기저기 둘러보던 내 눈길이 어느 테이블에 멎었다. 창문 가까이에 젊고 세련된 흑인 남성 기자 다섯 명이 즐겁게 대화를 나누고 있었다. 좀 전, 날이 밝고 내 현재가 눈부시고 내 미래가 확실했을 때 나를 둘러쌌던 사람들 중에 그들도 있었다. 하지만 그들 역시 물러나 편안한 자기들끼리의 자리로 돌아갔다.

뺨에 눈물이 흘렀다. 나는 바텐더에게 계산하겠다고 했지만, 익명으로 전부 지불이 끝났다는 답이 돌아왔다. 앞에는 이런 친절함의 표시를 두고 뒤로는 자기연민의 생각들을 줄줄이 단 채, 나는 가방을 집어 들고 의자에서 일어나 조심스레 기자들이 앉은 자리로 향했다. 그들은 고개를 들고, 내가 취한 것을 보고 놀라 조심스러워졌다. 나는 다른 테이블에서 의자를 끌어와 물었다.

"내가 끼어도 될까요?"

나는 앉아서 한 사람 한 사람을 물끄러미 바라보았고, 20년이 넘게 흐른 지금도 이름을 바꾸고 다른 나라로 떠날까 하는 심각한 고민이 드는 추태를 부리기 시작했다.

나는 기자들 전체를 향해 물었다. "난 뭐가 문제일까요? 내가 예쁘지 않다는 건 알지만, 그렇다고 세상에서 제일 못난 여자도 아니에요. 그렇다고 해도 내 남자 하나쯤은 가질 자격이 있어요."

나는 내 장점을 늘어놓기 시작했다.

"난 집을 아름답게 가꿔요. 테이블은 윤이 나고, 싱싱한 꽃을, 데이지 꽃이라도, 일주일에 적어도 한 번은 꽂아둬요."

"난 요리 솜씨가 뛰어나요."

"집안일과 바깥일을 병행하면서 기절해 쓰러지

지 않을 수 있어요."

"섹스를 좋아하고 취향도 평범해요, 내 희망사항이지만."

"프랑스어와 스페인어를 할 줄 알고, 아랍어와 판티어도 조금 하고, 신문과 잡지를 죄다 읽고 일주일에 책 한 권을 읽어서 지적인 대화를 나눌 수 있죠."

"이런데도 내게 매력이 하나도 없나요?"

나는 목소리를 높였다. "댁들에겐 그걸로 성에 차지 않는다고 말할 셈이에요?"

남자들은 당황했고 당황한 나에게 화가 났다. 그렇게 거북하고, 곤란하고, 술 취한 질문을 자기들에게 한 내게 화가 났다.

순간 나는 그들이 내가 저지를까 봐 겁내던 바로 그 일을 저질렀다는 걸 깨달았다. 지켜야 한다는 걸 알고 있는 불문율을 어겼다는 것을. 나는 뻔뻔하고 대담하게 그들 자리로 와서, 하필이면 외로움에 대해 대놓고 말했던 것이다.

심하게 취했다는 것을 깨닫고, 나는 울기 시작했다. 바에 있던 한 지인이 정적이 흐르는 우리 테이블로 왔다. 그는 남자들에게 인사하고 물었다. "마야, 자매님, 내가 집까지 데려다 줄까요?" 고개를 들어 그의 짙은 갈색 얼굴을 보고 나는 정신을 차리기 시작했다. 그를 보니 술이 좀 깨는 것 같았다. 나는 가방에서 손수건을 꺼내 서두르지 않고 얼굴을 닦았다. 일어서서 테이블을 떠났다. "안녕히 계세요, 여러분"이라 말하고 내 구조자의 손을 잡았다. 우리는 바에서 나왔다.

길동무가 못마땅한 소리를 내는 덕에 집까지 가는 먼 길은 한층 길었다. 그는 혀를 차며 중얼거렸다. "마티니를 마시지 말았어야죠. 그것도 혼자." 내 딴에는 친구들과 함께 있는 줄로 여겼다는 사실을 그에게 굳이 일깨우고 싶지는 않았다.

그는 말을 이었다.

"당신은 사람들을 끌어당겨요. 그러다가 밀쳐내죠."

그 기자들은 분명 밀쳐낼 것도 없었다.

"환하게 미소 지으며 남자가 품에 안아주길 기다리는 것처럼 굴다가, 빙산처럼 차갑게 얼어붙어요… 사람들은 당신을 어떻게 받아들여야 할지 모르죠." 뭐, 모르는 건 분명하다. 난 받아들여진 적이 없으니까.

우리는 내 집에 도착했고, 나는 내 경호원에게 내가 지을 수 있는 가장 달콤하고 짧은 미소를 보인 뒤 집 안으로 들어와 문을 닫았다.

나는 한참 골똘히 생각에 빠졌고 마침내 술이 깬 다음까지도 계속되었다.

명상이 끝날 무렵 나는 내가 사랑을 찾고 있었지만, 특별한 조건을 붙여서만 그랬음을 깨닫게 되었다. 나는 짝을 찾고 있었으나, 그는 특정한 피부색이어야 하고, 특정 수준의 지성이 있어야 했다. 내게는 기준이 있었다. 내 기준들이 많은 가능성을 제거했던 것 같았다.

나는 새파랗게 젊었을 때 그리스 남자와 결혼했고, 결혼생활이 좋지 않게 끝났으므로 의식적으로 나와 같은 인종이 아닌 사람의 접근은 더 이상 받아들이지 않기로 했다. 아프리카계 미국인이 아닌 사람을 대상에 포함시키지 않은 진짜 이유, 혹은 다른 이유는, 서로 옆집에서 자랐고 외모가 닮았으며 부모님이 같은 교회에 다녔던 사람들끼리도 연애를 지속하기가 어려운 마당에, 서로 인종이 다르고 공통점이 너무나 적은 사람들이라면 얼마나 더 어려

운지 알았기 때문이었다.

그러나 그날 오후와 밤 나는 결론을 내렸다. 내가 보기에 정직하고 진심이며, 나를 웃게 하고 싶어하고 그렇게 할 수 있는 남자, 쾌활한 성품을 지닌 남자가 나타난다면, 그 남자가 다른 인간을 존중할 줄 안다면, 그가 스웨덴인이건, 아프리카인이건, 일본스모 선수건 반드시 그에게 관심을 보이겠다고, 그가 나를 매력의 그물로 사로잡아도 너무 거세게 몸부림치지 않겠다고.

잔혹함은 결코 용납할 수 없다

나를 자극하고 경보를 울리는 말들이 있다. 그러니까, 그런 말을 들으면 나는 밀폐된 방에서 가스 새는 냄새를 맡은 것처럼 반응한다. 갇혀 있는 게 아니라면, 다음 행동은 생각할 것도 없이 가장 가까운 출구로 향하는 것이다. 하지만 탈출할 수 없다면 방어적으로 대응한다.

"언짢게 여기지 말아요, 난 잔혹할 정도로 솔직하거든요." 이 말은 언제나 무기를 들라는 신호다.

나는 그 사람이 돌을 던지고 자기 손을 감추고 싶어하는, 더 정확히 말하자면 상처를 입히고 싶어할 뿐 아니라 상처가 생기기도 전에 곧 부상당할 사람에게 용서받고 싶어하는 소심한 사디스트임을 알아본다.

어떤 모습으로 가장하고 있든 잔혹함은 언짢으며, 나는 잔인한 사람이 그래 달라고 부탁한다는 이유만으로 넘어가 잔혹함을 용인하지는 않을 테다.

"오해해서 받아들이지는 말았으면 하는데…"

이 또한 내게는 다른 경고음이다.

나는 빙빙 돌려 말하길 좋아하는 공격자가 다가오는 것을 감지하고, 달아날 수 없다면 딱 부러지는 어조로 조금이라도 내가 오해할 여지가 있는 말이라면 나는 그렇게 받아들일 테니 알아두라고 못을 박는다. 본인의 상처받은 감정을 수습하려 애쓰느니 입을 다물고 있는 편이 나을 거라고 충고해둔다. 나는 그 사람의 감정을 산산조각낼 작정이므로.

폭력에 동참하는 것이 결코 자랑스럽지는 않지만, 우리 모두 자기방어가 필요할 때 바로 나설 수 있을 만큼은 스스로를 돌보아야 한다는 것을 나는 안다.

우리 젊은이들

인종주의라는 역병은 은밀히 전염되어, 공중에 떠다니는 미생물이 우리 몸 안에 들어와 혈류에 영원히 자리 잡는 것처럼 매끄럽고 조용하고 보이지 않게 우리 마음에 침투한다.

인종주의의 전반적인 해악을 드러내는 어두운 이야기를 하려고 한다. 나는 〈블랙스, 블루스, 블랙스〉라는 제목의 한 시간짜리 텔레비전 프로그램 열편을 집필했는데, 미국 사회에 아직 남아 있는 아프리카 문화의 영향을 중점적으로 다룬 프로그램이었다. 프로그램은 KQED 방송국을 통해 샌프란시스코에서 방영되었다.

시리즈의 제4편은 〈아프리카 예술이 서양 예술에 미친 영향〉이었다. 여기서 나는 아프리카 조각이 피카소, 모딜리아니, 파울 클레, 루오의 예술에 끼친 영향을 보여줄 계획이었다. 버클리의 어느 수집가가 동아프리카 마콘데족의 조각 작품을 여러 점 소장하고 있다는 것을 알게 되었다. 나는 수집가에게 연락했고, 그는 작품 서른 점을 선정하도록 허락해주었다. 조명을 설치한 전시대에 배치하여 조각품의 그림자가 바닥에 드리우게 한 뒤, 우리는 조각품들을 극적인 장면으로 담아냈다. 수집가와 그 아내는 결과물에 몹시 흡족한 나머지 송별회 식사 자리에서 내게 기념품으로 조각 한 점을 선물했다. 그들은 백인이고, 나보다 나이가 많고, 유쾌하고 즐거운 사람들이었다. 같은 지역에 산다면 격의 없는 친구가 될 것임을 알 수 있었다.

나는 뉴욕으로 돌아왔지만, 3년 후 버클리로 돌아가 거주하게 되었다. 수집가에게 전화해서 내가 이사 간다는 사실을 알렸다. 그는 말했다. "전화해줘서 참 기쁘군요. 신문에서 당신이 돌아온다는 소식을 읽었어요. 물론 한번 만나야죠." 그는 말을 이었다. "내가 전미 기독교인과 유대인 위원회의 지부 장이라는 거 아시죠. 하지만 지난번 얘기 나눈 뒤로 무슨 일을 하고 있는지는 모르실 겁니다. 미국 군인 들의 처우를 개선하기 위해 독일에 다녀왔어요." 그 의 목소리는 감정이 실려 격해졌다. "아시겠지만, 흑인 군인들은 그쪽에서 끔찍한 고초를 겪고 있고, 우리 젊은이들도 고생이랍니다."

나는 물었다. "뭐라고 하셨죠?"

그는 말했다. "음, 흑인 군인들이 특히 고생이지 만 우리 젊은이들도 힘들어한다고요."

나는 물었다. "다시 한 번 말씀해주시겠어요?"

그는 말했다. "그러니까 제 말은…"

그때 그의 마음이 방금 한 말을 곱씹었다. 아니면 아직 남아 있던 자기 말실수의 여운이 귀에 들어왔 거나.

그는 말했다. "하느님 맙소사, 정말 멍청한 실수 를 저질렀네요, 그것도 마야 안젤루를 상대로." 그 는 "몸 둘 바를 모르겠군요, 끊어야겠어요"라고 말 했다. 나는 만류했다. "끊지 마세요. 부디 끊지 마세 요. 이건 인종주의가 얼마나 은밀하게 스며드는지 를 보여주는 예에 지나지 않아요. 우리 그 얘기를 좀 해봐요." 그의 목소리에서 당혹스러움, 망설임, 분함이 들려왔다. 마침내, 삼사 분 후, 그는 간신히 전화를 끊었다. 나는 그에게 세 차례 전화했지만, 그는 한 번도 내 연락에 답하지 않았다.

이 사건으로 나는 슬프고 괴로워졌다. 이 사람과 그의 가족과 친구들은 나와 내 가족과 친구를 알지 못했기에 작아졌다. 그건 또한 나와 내 가족과 내 친구들이 그를 알지 못해서 작아졌다는 뜻이기도 했다. 우리가 서로 이야기하고, 서로에게 가르치고 배울 기회가 전혀 없었으므로, 인종주의는 그것이 건드린 모든 인생의 폭을 줄였다.

이제는 목사, 랍비, 사제와 현인, 교수 들이 다양성의 경이로운 기적을 믿고 제자들에게 가르칠 때다. 부모들이 일찍부터 젊은이들에게 다양성 안에 아름다움과 힘이 있음을 가르칠 때다. 우리는 모두 다양성이 아름답고 복잡한 태피스트리를 짜낼 수 있음을 알아야 하며, 태피스트리의 실 전부가 무슨 색이든 모두 가치가 동등하고, 감촉이 어떻든 모두 중요함을 깨달아야 한다.

우리 젊은이들은 인종별 특성은 존재하지만, 피

부색을 넘어, 서로 다른 외모 특징을 넘어서는 존재의 진정한 핵심에서는 근본적으로 우리가 다른 점보다 닮은 점이 더 많다는 것을 배워야 한다.

거울 쌍둥이는 다르지만
생김새는 똑같이 닮았고,
연인들은 나란히 누워서
사뭇 다른 생각을 하네.

우리는 중국에서 사랑하고 패배하고
잉글랜드의 황무지에서 흐느끼고,
기니에서 웃고 한탄하고
스페인 해안에서 번영을 누리지.

우리는 핀란드에서 성공을 찾고
메인에서 태어나고 죽지.
사소한 점에서는 서로 다르지만
크게 보면 우리는 똑같아.

모든 종류와 부류 사이에
분명한 차이가 보이지만

그래도 우리는 닮은 점이, 친구들,

다른 점보다 더 많아.

그래도 우리는 닮은 점이, 친구들,

다른 점보다 더 많아.

그래도 우리는 닮은 점이, 친구들,

다른 점보다 더 많아.

질투

질투심 많은 연인은 약간은 재미있을 수 있다. 사실, 사람 가득한 방에서 뚜렷하게 드러난 질투는 모두에게, 연인들을 포함해서, 즉각적인 도취제가 될 수 있다. 그러나 연애에서 질투는 음식의 소금과 같다는 것을 반드시 기억해야 한다. 조금이라면 풍미를 돋울 수 있지만, 지나치게 많다면 즐거움을 망치고, 어떤 상황에서는 생명을 위태롭게 할 수 있다.

계획 임신

임신을 계획할 수 있는 행운을 지닌 여자에겐 드물고 귀중한 즐거움을 경험할 수 있는 기회도 있다. 그녀는 수태에서 최종적인 생산 단계인 출산에 이르기까지 자신의 몸의 변화 과정에 의식적으로 참여할 수 있다. 줄곧 주의를 기울인다면, 새롭고 감미로운 관능성이 솟아남에 경이로워하게 될 것이다.

분만의 기쁨을 누리기 위해서는 마음가짐을 신중하게 준비해야 한다. 임신 전 그녀는 자신의 몸을 감상하느라 시간을 쏟을 것이다. 몸의 윤곽이 극적인 변화를 겪을 것임을 알기에, 그녀와 동반자는 가슴과 종아리와 팔과 배를 들여다보고 즐기는 데 상당한 시간을 들일 것이다.

앞으로 몇 개월을 위해 그녀는 사진을 찍어두겠지만, 몇 개월은 몇 년으로 늘어나는 것처럼 느껴지리라. 배가 하도 불러 자기 발이 보이지 않게 될 때, 날씬했던 시절의 사진은 귀중한 보석처럼 소중해질 것이다.

그녀와 동반자가 늘 있는 일이라는 이유만으로 임신을 흔한 일 취급하지 않는다면, 지속적으로 상상력을 발휘한다면, 매 단계가 그들에게 더할 나위 없는 충족감을 안겨줄 것이다.

자리를 비우는 하루

종종 우리는 우리의 일들이, 크건 작건, 사소한 부분까지 지속적으로 손길이 가야 한다고 생각하며 그렇지 않으면 우리의 세계는 붕괴하고 우리는 우주에서 제자리를 잃을 것이라 믿는다. 이는 사실이 아니며, 설혹 사실이라면 그건 우리의 상황이 어차피 무너지고 말았을 아주 일시적인 상황이었기에 그렇다.

일 년에 한 번 정도 나는 내게 자리를 비우는 하루를 허한다. 자리비움의 전날 밤, 나를 매어두고 있던 굴레들을 풀기 시작한다. 동거인들, 가족과 친한 친구들에게 24시간 동안 나와 연락이 안 될 거라고 알린다. 그런 다음 전화 연결을 끊어둔다. 라디오 다이얼을 음악만 나오는 방송국으로, 기왕이면 마음을 어루만지는 옛날 명곡들이 나오는 채널로 맞춘다. 아주 뜨거운 물을 채운 욕조에 한 시간 넘게 앉아 있다가, 아침의 탈출 때 입을 옷을 정해 늘어놓고, 무엇도 나를 방해하지 않을 것임을 알기에 두 다리 쭉 뻗고 푹 잔다.

아침에 나는 눈이 저절로 떠질 때 깨어난다. 시계도 맞춰 놓지 않고, 몸속 시계에도 언제 일어나야 한다고 일러두지 않기 때문이다. 나는 편안한 신발과 캐주얼한 옷으로 차려입고 목적지 없이 집을 나선다. 도시에 살고 있다면, 거리를 돌아다니고, 윈도우 쇼핑을 하고, 건물들을 바라본다. 공원, 도서관, 고층 빌딩 로비, 영화관에 들어갔다가 나온다. 어느 곳에도 오래 머무르지는 않는다.

벗어나는 날 나는 기억상실에 걸리려 애쓴다. 내 이름이나 사는 곳, 내 어깨에 얼마나 많은 긴급한 책임들이 얹혀 있는지 따위는 알고 싶지 않다. 아주 절친한 친구라도 마주치는 건 질색이다. 그랬다간 잠시 잊고자 하는 내 인생의 형편과 내가 누구인지를 떠올리게 되기 때문이다.

누구나 하루쯤 자리를 비우는 날이 필요하다. 의식적으로 과거를 미래와 분리하는 날. 직장, 연인, 가족, 고용주, 친구들은 우리가 없어도 하루쯤 버틸 수 있으며, 자존심을 굽히고 솔직히 털어놓을 수 있다면, 우리가 없어도 영원히 지낼 수 있다.

누구나 하루쯤 자리를 비우는 날을 보낼 자격이 있다. 아무런 문제와도 씨름하지 않고, 아무런 해결책도 찾지 않는 날이. 누구나 제 발로는 우리를 떠나지 않을 걱정거리로부터 떠날 필요가 있다. 몇 시간 동안 목적 없이 어슬렁거리거나 공원 벤치에 앉아, 개미들의 신비한 세상과 나무 우듬지의 차양을 관찰할 필요가 있다.

잠깐 물러선다고 해서, 많은 이들이 그렇게 여기고 어떤 이들이 비난할 것처럼 우리가 무책임해지는 것은 아니며, 더 유능하게 임무를 수행하고 의무를 다할 수 있도록 스스로를 준비한다는 편이 옳다.

집으로 돌아오면 나는 항상, 회피하려 했던 문제들에 답이 나왔으며 달아나고 싶던 복잡한 혼란스러움이 내가 자리를 비운 새 해결되었음을 깨닫고 놀라곤 한다.

　자리를 비우는 하루는 봄날의 원기 회복제 같은 효과가 있다. 마음의 앙금을 흩뜨리고, 우유부단함을 변화시키고, 정신을 새롭게 한다.

굳세고 다정하고 가능한 한 많이 웃으며

어렸을 때 나는 행운이 여신이라 불린다는 데에 자부심을 느꼈다. 사실, 여성의 존재를 공공연히 인정하는 일은 몹시 드물었기에 나는 자연이나 대형 선박이 여성으로 지칭될 때마다 개인적으로 명예롭게 여겼다. 하지만 철이 들면서 나는 행운처럼 변덕스러운, 바다처럼 냉담한, 자연처럼 경솔한 바꿔치기 아이♦와 자매로 여겨진다는 데 반감을 품기 시작했다.

"여자에겐 언제나 마음을 바꿀 권리가 있다"는 문

♦ changeling, 유럽 전승에서 요정이나 트롤 등 초자연적인 존재가 인간 아이를 납치하고 대신 놓아둔다는 인간을 닮았지만 인간 아닌 존재.

장은 여성에 대한 부정적인 이미지와 너무도 잘 들어맞았으므로 나는 확고한 결심에 집착했다. 어리석고 바보 같은 선택을 했을 때조차, 나는 "여자같이 굴며 마음을 바꾸기"보다는 그 결정을 밀고 나갔다.

여자로 산다는 것은 고된 일이다. 기쁨이 없지는 않고 황홀함마저 있지만, 그럼에도 잠시도 숨 돌릴 수 없는, 끝나지 않는 과업이다. 나이든 여성이 되기 위해서는 특정한 생식기를 갖고 태어나며, 장수 유전자와 제멋대로 달리는 트럭에 들이받히지 않는 행운을 물려받은 것으로 족할지 모르지만, 여자가 되고 여자로 살아가기 위해서는 천재성이 있어야 하고 그것을 발휘해야 한다.

온전하고 행복하게 살아남는 여자는 다정하면서도 굳세야 한다. 자신과 자신의 가치들과 선택이 중요하다고 스스로를 설득하거나, 끝없는 설득의 과정에 있어야 한다. 남자들이 지배하고 통제하는 시대와 세상에서, 여자들에게는 통행권을 양보하라는 압력이 어마어마하게 가해진다. 여자의 굳셈이 두드러져야 하는 것은 바로 그런 상황에서다.

여자는 스스로를 부족한 버전의 남자라 여기지 않도록 저항해야 한다. 그녀는 여류 조각가, 여류

시인, 여류 작가, 유대인 여자, 흑인 여자, (지금은 드물지만) 대학 용어로 여총장◆이 아니다. 그녀가 어떤 존재라면, 스스로의 자아의식과 잘못 알고 있는 이들의 깨우침을 위해 자신이 바로 그 존재이며 그대로 불릴 것을 투철하게 주장해야 한다.

장미는 어떤 이름으로 불려도 향기로울지 모르지만, 가치를 깎아내리는 이름으로 불리는 여자는 부적절한 명칭에 의해 약해질 뿐이다.

여자는 다정함을 소중히 여기고 적절한 때에 다정함을 보일 수 있어야 한다. 강경함이 전적인 권한을 쥐지 않도록, 그리고 생명보다 권력을, 사랑보다 통제를 중히 여기는 남자들의 거울 이미지가 되지 않도록.

여자는 유머 감각을 온전히 간직해야 하며 늘 내보일 준비가 되어 있어야 한다. 자신의 세상에서 자기가 가장 재미있고 괴짜 같은 여자임을, 비록 은밀하게라도 알아야 하며, 또한 그 세상이 그 어느 때보다도 부조리한 세상임을 알아야 한다.

◆ sculptress, poetess, authoress, Jewess, Negress, rectoress. 모두 남성을 가리키는 기본형에 작고 귀여움을 뜻하는 접미사 –ess가 붙은 단어들이다.

웃음에는 치유의 효과가 있고 상냥함은 수명을 늘려준다고 한다. 여자들은 굳세고, 다정하고, 가능한 한 많이 웃으며, 오래 살아야 한다. 평등을 위한 투쟁은 꺾이지 않고 계속되며, 위트와 용기로 무장한 여성 전사야말로 처음으로 승리를 축하하는 대열에 설 것이다.

옮긴이의 말

　인권운동가, 시인, 베스트셀러 작가, 비교적 최근인 2022년에는 처음으로 미국 화폐(25센트)에 얼굴이 새겨진 흑인 여성이라는 영예까지. 그 자리에 서기 전 거쳤던 전차 차장, 요리사, 나이트클럽 댄서, 가수 등 다양한 직업처럼, 마야 안젤루에게 붙는 수식어는 광범위하며 나열된 단어만으로도 용기와 굴하지 않는 의지로 앞날을 개척해온 그의 삶을 짐작하게 한다.

　이 책은 1993년 출간된 첫 에세이집 《Wouldn't Take Nothing for My Journey Now》(지금 《굳세고 다

정하고 가능한 한 많이 웃으며》)를 번역한 것이다. (원제는 흑인 영가의 한 구절인데, 그 전체적인 가사는 온갖 재물과 부귀영화의 유혹이 있더라도 천국과 하느님을 향해 가는 힘겨운 여정을 포기하지는 않겠다는 내용이다.) 원래 잡지에 발표하기 시작한 에세이들을, 친구 오프라 윈프리가 책으로 출판해야 한다고 권고한 것이 이 책을 쓴 계기가 되었다. 1993년은 마야 안젤루가 빌 클린턴의 취임식에서 흑인 여성 최초로 축시를 낭독한 해였고, 같은 해에 출간된 이 책은 자연스럽게 독자들의 큰 사랑을 받으며 〈뉴욕타임스〉 베스트셀러 목록에 올랐다. 여담 삼아 말하자면 경제적 난항을 겪고 있던 출판사가 손실을 만회하는 데 도움이 되었을 정도라고 하니, 당시 독자들이 느꼈던 감동과 열렬한 성원이 어느 정도였는지 짐작이 간다.

이 책은 흔히 '잠언집'이라 일컬어지는 장르로 분류된다. '가르쳐서 훈계하는 말'이라는 잠언의 사전적 정의를 생각하면, 확실히 이롭고 도움되는 말이겠으나 가벼운 마음으로 손대서는 안 될 것 같은, 현재 내 생활의 바람직하지 못한 면모들을 뼈아프게 지적당할 것 같은 두려움이 앞설 수 있다. 하지만 책에 실린 〈지문처럼 유일한 나의 스타일 갖추기〉이라는 글에서 저자가 말했듯, "무슨 말을 하는지뿐만 아니라 어떻게 말하는지"도 중요하다. 이 책 자체가 저자의 그런 신조를 잘 보여주는 예시인 듯하다. 억압과 차별의 세상에서 흑인 여성으로 살아가기 위해 필요한 의지와 용기, 선하고 바른 가치들에 대한 믿음, 독실한 기독교인으로서 신앙에 충실한 삶을 살려는 노력, 타인을 향한 존중과 배려… 책에서 다루는 주제들은 처음으로 접하는 새롭고 놀라운 이야기들은 아니지만, 자전적인 경험과 자신만의 시선을 바탕으로 그 이야기들을 풀어내는 마야 안젤루의 솜씨에 독자는 가르침을 받는다는 부담스러움 없이, 마치 세상 경험 많고 입담 좋은 언니의 이야기에 저절로 빨려들 듯 자연스럽게 고개를 끄덕이며 공감하게 된다.

무엇보다도 마야 안젤루는 '착하고 지혜롭게' 살 것만을 강조하지 않는다. 〈잔혹함은 결코 용납할 수 없다〉에서 그는 "오해해서 받아들이지 말았으면 하는데…"라는 말이 남에게 상처를 주면서 자신은 교묘하게 발을 빼려는 이들이 너무 자주 사용하는 표현임을 날카롭게 지적한다. 〈쉽게 불리는 존재가 될 필요는 없다〉라는 짧은 글에서는 "억압당하는 이들이나 억압자들의 목표가 될 만한 이들에겐 어느 정도의 피해망상이 꼭 필요"하며 이용당하지 않기 위해 우리는 늘 경계를 늦추지 말아야 한다고까지 말한다. 사회적 약자와 타자에 대해서는 한없는 포용과 배려를 보이는 반면, 차별과 억압이 습관화되어 타인을 공격하거나 이용하는 이들에게는 가차 없이 맞서는 강인함, 이런 태도는 책이 출간된 지 30년이 넘어가는 지금도 쉽지 않은, 하지만 우리에게 꼭 필요한 태도다.

사회 전반에서 보인 다양한 활약상만큼이나 이 책에서 드러나는 마야 안젤루의 모습도 여러 가지다. 싱글맘으로 꿋꿋이 아이를 키운 강인하고 다정한 어머니, 아름다움을 사랑하고 눈에 띄는 것을 즐기는 개성 있는 패셔니스타, 신의 사랑을 믿고 의지하려 노력하지만 때로는 어쩔 수 없이 의구심을 느끼는 신앙인, 남에게 상처를 주려는 의도에서, 혹은 부지불식간에 어리석고 모진 말을 입에 담는 사람에게는 곧장 반박하는 강단 있는 사람… 어떤 독자분이라도 이런 여러 면모 중 가장 마음이 가고 자신과 비슷하다고 여기는 모습을 하나쯤은 찾을 수 있을 것이다. 책 말미에 있는 여유롭고 아름다운 글 〈자리를 비우는 하루〉처럼 홀가분한 하루를 보낼 때, 이 책이 독자 여러분의 벗이 될 수 있었으면 한다.

2024년 가을

김희진

옮긴이 **김희진**

성균관대학교에서 불어불문학과 영어영문학을 전공했으며, 동 대학원을 수료했다. 출판·기획·번역 네트워크 '사이에'의 위원으로 활동 중이며,《이상한 나라의 앨리스》,《내 어머니의 자서전》,《찬란한 종착역》,《시간의 밤》,《송라인》 등의 소설을 비롯해 다수의 그래픽노블과 예술서를 우리말로 옮겼다.

굳세고 다정하고 가능한 한 많이 웃으며

초판 1쇄 인쇄 2024년 11월 25일
초판 1쇄 발행 2024년 12월 4일

지은이 마야 안젤루
옮긴이 김희진
펴낸이 최순영

출판1 본부장 한수미
와이즈 팀장 장보라
편집 김혜영
디자인 김준영

펴낸곳 ㈜위즈덤하우스   **출판등록** 2000년 5월 23일 제13-1071호
주소 서울특별시 마포구 양화로 19 합정오피스빌딩 17층
전화 02) 2179-5600   **홈페이지** www.wisdomhouse.co.kr

ISBN 979-11-7171-298-4 03840